신발 멀리 차기

창 비
청소년
시 선
37

신발
멀리
차기

서형오 시집

창비

차
례

제1부
비빔밥
잔치

우리들의 착한 식단

1학년부터 3학년까지
인기 메뉴에 마음이 파닥거린다
1교시 끝나 점심시간은 아직 까마득한데
닭 한 마리 꼬르륵꼬르륵 배 속에서 울어 쌓는다

글짓기

한글날 기념
글짓기 한마당에 나갔다
시를 써 나가는데
생각이 꽉 막혔다
좋아하는 걸 그룹의 노랫말을
대충 베껴 써냈다

다음 날
내가 노래를 잘 부른다는
소문을 들었다며
담임 선생님이 불러내셨다
교단에 서서
걸 그룹 노래를 불렀다
남의 글을 베낀 것이
내내 찜찜했는데
잘못을 노래로 갚게 한
선생님이 고마웠다

다리 떠는 버릇

상담하러 갔을 때
선생님이 내가 다리를 너무 떨어서
정신 사납다고 하셨다
선생님도 예전에 다리를 하도 떨어서
자주 꾸지람을 들었다면서
스스로 터득했다는 비법을 알려 주셨다
어느 순간에 다리를 내려다봐
십중팔구 떨고 있겠지
그러면 그대로 멈춰라
그걸 반복하면
고치는 데 일주일

일주일이 지나자
정말 다리를 떨지 않게 되었다
그리고 새로이 깨달은 것
우리는 거울 속에 비친
잘난 얼굴만 봐서는 안 되고
육안으로 자기 몸을

구석구석 살펴야 한다는 것
일기를 쓸 때처럼
자기의 마음을
꺼내 놓으면 더 좋고

운동장에서

운동장에서
축구하는 아이들
헛발질을 잘해서
개발로 불리는 나는
체육 시간 아니면
운동장 밟을 일이 없어요
그래도 공 못 차는 게
속상하지 않아요

운동장 가
나무 그늘 아래서
공이 튀어 오르는 걸
구경하고 싶어요
풀과 나무
그 위의 하늘과 새
표정을 읽고 싶어요
계절과 계절 사이의
다양한 낯빛을요

어렸을 때 친구가 그랬듯

교실 밖으로

불러내 주세요

튀어 오르고 싶어요

벤치를 놓아 주세요

벤치를 놓아 주세요

신발 멀리 차기

점심을 먹고
운동장에서
신발 멀리 차기 놀이를 한다
발등에 신발을 걸고
힘껏 발을 내뻗자
포물선을 그리며
신발이 날아간다
마지막에 찬 내가
1등이다
멀리 떨어진
신발 한 짝을 주우러
깨금발로 뛰어가면서
생각한다
아빠의 마음도
별거 중인 엄마한테
깨금발로 뛰어갔으면 좋겠다
잠시 높은 곳 먼 데에 갔다가
땅으로 내려온 신발을

찾으러 가듯이
엄마를 만나러 갔으면 좋겠다

은행

야간 경비를 서시는
최 씨 할아버지와 함께
주워 모은 은행들을
흙 속에 묻어 두었다가
한 주일 지나
파 보니
구린 겉껍질은
온데간데없고
희디흰 은행알만
소복하다

몸속에 떼 지어 살던
암세포들을 데리고
닿을 수 없는 곳으로 간 엄마
빈집의 주인이 되어
매일 눈물 밥을 짓는데
내 마음속 나뭇가지에
매달려 있는 엄마 생각들

묻어 두면 언제쯤
미움의 겉껍질은 벗겨지고
희디흰 그리움만 남아
저리 소복해질까

신발

폰을 만지작거리며
가로수 길을 걷다가
은행 몇 알을 밟은 모양이다
물렁하고 미끈한 그것들
내려다보는데

슬며시 피어올라
코를 때리는
노란 향기의 주먹질을
온몸으로 막고 있는
신발 두 짝

신발 바닥을 닦으며 생각한다
이렇게 맨몸으로
낮고 험한 데를
가려 주는 것이 있었구나!

새벽에 채소를 떼 오다가

승합차에 부딪혀
트럭 안에서 세상을 떠난
엄마와 아빠
나동그라진 신발 네 짝

그때부터
나와 동생을
마음속에 태우고 살아가는
할머니와 할아버지
낡은 신발 네 짝

시험 증후군

중간고사 첫날
1교시 독서 시험
문제를 풀다가
손을 들었고
복도 감독 선생님을 따라
화장실에 갔다
찔끔 나오다 마는 소변
2교시 수학 시험
또 손을 들었다

중학교 1학년 때
소변을 참고
문제에 매달리다가
바지를 적신 뒤로
시험 때만 되면
가슴이 울렁울렁
한 시간에 한 번꼴로
꼭 지퍼를 내려야 하는

시험 증후군

도끼로 연필 깎기

1학기 기말고사
2교시 수학 시험 칠 때
문제 하나에 딱 걸려
매미처럼 매달리다가
시간을 도둑맞고 허겁지겁
나머지 쉬운 문제들도
거의 놓쳐 버렸습니다
이가 빠진 톱으로
나무에게 덤빈 꼴이었으니
KO 패는 불 보듯 훤한 일
수학 선생님이 한 꾸중 하셨습니다
원리를 알아야지
도끼로 연필을 못 깎겠니?
그래서 나는
이 빠진 톱을 버리고
여름 내내
무더위 속에서
도끼를 찾으려고

고난도 문제에
매달려 있었습니다

하루살이

오전 내내
졸았다고
담임 선생님한테 불려 가
호된 꾸지람을 들었다

학교 동산
벤치에 앉아 있는데
콧등 끝에
날아와 앉는
하루살이 한 마리
그 뒤를 따라
문득
이런 생각이 날아온다

내가 꼭두새벽까지
웹툰이며 유튜브를 보고
학교에 와서는 졸면서
허투루 보내는 하루가

하루살이에게는
백 년의 시간이다

비린내 현상

문학 수업 시간에
학교에서 만들어 준
시 선집을 편다
친구가 일어나
한 편을 읽는다
그다음에는
같은 시를
다 함께 읽는다

여러분!
비린내 현상 알아요?
생선 가게에 오래 머물면
옷에 비린내가 배죠
수업 시간마다
이렇게 시를 구경하면
시에서 나는 향기가 생각에 배어
어른이 되어도
시를 읽게 되죠

우리는 안다
선생님 고집을
물로 가신다 해도
굳게 버틸 비린내를

그림자

수업 시간마다
의대 가서
가업을 이어받으라는
아빠의 집요한 욕심과 만난다

오늘 아빠가
미국에서 돌아오면
움츠리지 않고 말할 것이다
나는 다른 길을 걷겠다

해가 지고
긴 밤이 올 것이다

별별 별

수업 시간에 선생님이
이건 단골로 출제된다
중요한 건 다 별이다
별표 다섯 개! 그럽니다
하늘에 별이 하도 많아서
좀 따다 써도 된다면서

수업 시간마다 우리는
그 단골들 챙기느라
별을 마구 땁니다
그래서 노트에
별이 참 많기도 합니다

교실 뒤편에는
납작 엎드린 별도
여럿입니다

비빔밥 잔치

점심시간
고무 함지박을 가져다 놓고
도시락을 쏟는다
스무 가지의 밥과 반찬들
곳곳에서 몰려온 저것들
찧어서 짓고
데쳐 무치고 찌고
삶고 굽고 튀긴
스무 집의 양념과 손맛이
음식의 광장에 모인다
담임 선생님이
고추장을 듬뿍 떠 넣어
한참 버무린다

우리 비빔반 친구들!
그동안 문제란 문제는
어지간히 비벼 먹어서
웬만한 놈들 맛은 다 알 거다

32

그건 뇌가 기억하는 거고
오늘 이 파티는
그걸 혀로 기억하려고
여는 것이다
담임 선생님의
비빔밥 잔치 개회사다

비빔밥 잔치가
바람을 넣어
친구들 마음이
다 볼록하다

손톱

동아리실에서
손톱을 깎으려고
들여다보다가
엄지를 척! 세워 봅니다
바로 그때
울상이 된
소년 하나가
교무실을 나옵니다
쪽지에 새겨
내민 마음이
반달의 칼날 같은
선생님의 입에서
싹둑 잘려 버린 것입니다
이것도 시야?
소년의 마음은
그 뒤로 아주 한참을
튀어 나간 손톱 조각처럼
꼭꼭 숨어 있었습니다

콘센트

1
공부를 끄고
쉬고 싶음!

2
생각을 켜고
살고 싶음!

미용실에서

머리털은
꼬박꼬박 잘도 자라는데
공부 실력은
왜 자라지 않는 걸까?
공부 실력도
꼬박꼬박 잘 자라서
덥수룩한 걱정을
시원히 깎았으면 좋겠다

요산 문학관에서

보글보글 애들과 요산 문학관에 갔다. 보글보글은 독서 토론 논술 동아리의 이름. 독서, 토론, 논술은 다 마음을 끓이는 일이라 해서 붙인 거다.

복원된 생가 옆에는 오래 동무해 온 감나무 두 그루가 서 있었고, 빨간 감들은 궁리를 하는 사람들처럼 한데 모여 있었다.

문학관 2층 전시실에서 김정한 선생께서 남겨 두고 가신 것들을 만났다. 인생을 살아 내시면서 시간의 가지가지에 매달았던 문학적 열망의 연표가 거기 있었다.

문학관을 뒤로하고 생가를 지나는데, 무엇이 툭 떨어졌다. '너는 무엇을 남길 것인가?' 오래 매달려 있던 물음!

주섬주섬, 해가 지고 있었다.

꽃다발

졸업식 날 아침
꽃집으로 갑니다
낡은 지갑 속에는
할머니가
손바닥으로 문질러 펴 준
지폐 두 장
납작한 그것들을
내보낼 일이 생긴 것입니다
마음을 잔뜩 쓰고
겨우 말문을 뗍니다
만 오천 원짜리 꽃다발도
만들어 주나요?
꽃집 아주머니가
장미 열 송이를 다듬어
소국으로 가장자리를 두릅니다
꼭 울타리 같습니다
꽃집을 나와
소국은 장미를 안고

나는 꽃다발을 안고
강변길을 걸어가는데
썰물처럼 떠나 버린 엄마
막일꾼으로 흘러 다니는 아빠
생각이 솔솔 납니다
그러나 오늘은 내가
꽃을 받는 날
넓은 운동장 앞에 이르렀을 때
나에게 말을 건넵니다
졸업 축하해!
너는 외로움을
건너갈 수 있어!
그리고는 문장 끝에
마침표를 찍듯
셀카를 찍습니다

제2부
싸움과
싸움

심부름

새우깡으로 덧셈 뺄셈 곱셈 나눗셈을 배우던
다섯 살 때쯤의 일

계란 열 개 사 오라는
엄마 심부름으로
천 원짜리 두 장 들고
가게로 달려가
계란 열 개 담은
비닐봉지 건네받고
백사십 원 곱하기 십은 천사백 원
거스름돈 육백 원도 챙기고
비닐봉지 흔들고 오다가
세탁소 평상 모서리에 툭
길가 화분에도 툭
빌라 출입문에도 툭
집에 와서
내가 한 말,

엄마!
계란 열 개가
한 개가 됐어요

집

웃고
눈을 부라리고
울고불고
지지고 볶고
껴안고
춤추고 노래하며
천천히
시간의 언덕을 깎는
사람들의
단단하고
두툼한
외투

손 연필

할아버지 할머니의 손은
아주 오래 쓴 연필
논밭이라는 종이에
평생 곡식을 기르는
한 가지 일로
이력서를 쓰느라
뭉툭하게 닳고 갈라진 것

코로나에게

뚫어져라
텔레비전을 보던
할머니 말씀,

너 땜에
나라가 죄다 힘들구마
아따메, 징그럽네!
해코지도 솔찮게 했어야
인자 얼른 가 부러라!

안전거리

껌 같은 사람이네
예의 팔아
밥 사 먹은 모양이다

아빠가
뒤에 바짝 붙어 오는
자가용 운전자를 두고
한 말이다

안전거리 못 지키는 것은
동생도 마찬가지다
게임에 착 달라붙어
거의 매일 접촉 사고를 내는 바람에
엄마 아빠가 보다 못해
안전거리 규정을 만들었다

토요일 오후 세 시간
일요일 오전 세 시간

싸움과 싸움

엄마 아빠가
옥신각신
학원은 애를 수동적으로 만들어!
그럼, 우리 애가 낙오자 돼도 좋아?

나는 나와
티격태격
난 요리사가 되고 싶어!
요리는 나중에 취미로 배우면 돼!

변비

변기에 걸터앉아
작은 창문 사이로
파란 하늘을 본다
참 맑다
아무 근심 없는
사람 마음같이

집 맡겨 빌린 돈
사업하는 친구한테 죄다 떼이고
공사판을 다니는
우리 아빠
낮엔 보험 일
밤엔 고깃집 알바를 하는
우리 엄마
끙끙대는
우리 집
낑낑대는
나

아빠 구두

해가 떠서
아파트 단지에
볕을 칠하는 아침
아빠의 낡은 구두를 꿰고
학교에 갔다
강아지가
먹은 걸 죄다 게우는 바람에
하나뿐인 내 운동화를 버렸다
우중충한 구두를 보고
친구들이 낄낄거렸다
방과 후 야간 자습도 하지 않고
지하철역 입구
구둣방으로 가서
뒷굽을 갈고
광을 내 달라고 했다
집에 돌아오는 길
오른발 왼발
걸음을 옮길 때마다

거죽이 반들반들한
아빠의 구두

짭짤한 말맛

아빠를 따라
아빠 고향에 왔다
경상남도 하동군 금남면 대치리
진구지*
짧은 옷에 드러난 맨살 같은
갯벌에서
하얀 머릿수건을 쓴 사람들이
꼼지락꼼지락
바지락을 캐고 있었다
불을 피운 비닐하우스에서
조새**로 굴을 까던
할머니가
진구지 말을 하셨다

우리 행오가
맬치 사러 왔네

ㅕ를 ㅐ로

말 옷을 갈아입히셨다

짭짤한 생굴 맛 나는 말이
내 귓속으로 놀러 와서
마음이 불렀다

계약금

자정이었다
식탁에서 엄마 혼자
강소주를 마셨다
비번 누르는 소리에 이어
현관문이 열리고
구운 고기 냄새를 잔뜩 달고
아빠가 들어서는데
탁!
얼굴이 창백한 엄마가
유리가 깔린 식탁 위에
빈 소주잔을 내려놓았다
왜 이리 늦는데, 맨날!
전화했잖아!
고깃집 장사가 안돼서
땅뙈기 한 조각 팔려고
계약서 쓰고 돈 받아 간다고!
돈이고 뭐고 다 싫어!
뭐, 돈이 싫다고?

얼굴이 벌게진 아빠가
안주머니에서 돈다발을 꺼내
베란다 너머로 던져 버렸다
지폐들이 몸을 뒤집으며 떨어졌다

아침에
경비 아저씨가 와서
지폐 뭉치를 건네주었다
간밤에 싸우는 소리에 놀라
올려다보고 있다가
눈에 띄는 대로
주워 놓은 것이라며

흩어진 엄마 아빠 마음을
어떻게 다시 모을 수 있을까?

설거지하는 아빠

아빠가 밥을 짓고
설거지를 했다
결혼하고 이십 년 만에

설거지를 하다가
엄마의 신접살림인
그릇 하나를 깨 먹었다

쪼그리고 앉아
그릇 조각들을 줍는데
생각 하나가 끼어들었다
오랜 시간 부딪쳐 씻기면서
아빠 생각에도
점점 금이 갔겠지
그러다가 오늘처럼
쨍그랑 깨지지 않았을까

이사

아빠 일이
뜻대로 되지 않아
식구들이 모두
작은 그릇으로 옮겼다
나는 형과 한방에서
짬짜면처럼 지내게 되었다
그래도 뭐, 괜찮다
이까짓 추위는
우리가 발산하는 열에
힘을 못 쓸 테니까

바지 주머니

오른쪽 바지 주머니에
구멍이 난 모양이다
버스에서 내리는데
백 원짜리와 오백 원짜리
동전 두 개가
바짓가랑이 미끄럼틀을 타고
주르륵 흘러내린다
얼른 주워
왼쪽 주머니에 옮겨 넣고는
실밥이 풀려 생긴 구멍에
손가락을 끼워 보고
살을 만지기도 하면서
생각한다
헝겊을 덧댄 주머니가
그릇이었구나!
속에 든 것을
체온으로 데우는
그릇!

당뇨와 투병하던 아빠가
돌아가신 뒤
부동산 사무실과
세탁소로 일 나가는 엄마
왼쪽 바지 주머니 속
다리에 납작하게 붙어
짤랑거리는
나와 동생

김해 고모

김해 고모는
얼굴이 가무족족하고
허우대가 큰데
손이 걸어서
달걀부침이 먹고 싶다면
달걀 열 개를 톡톡 깨지요
프라이팬을 달구어
기름을 바르고 달걀을 지지면
지지직지지직 퍽 퍽
달걀이 노릇노릇
가운데는 포동포동 졸아들지요
두툼한 달걀부침을 밥에 얹고
간장 한 숟갈 떠 넣어
비벼 먹고 있으면
고모가 식탁 앞으로 와서
네 나이 때는
무조건 잘 먹어야 해
밥 더 주랴?

묻고는
내 대답은 아랑곳없이
밥 한 그릇을 더 퍼 오지요
고모가 키우는
비닐하우스 배추들도
물이든 거름이든
잘 먹어서
포기들이 늘 소담한가 봐요

할머니

우리 할머니는 내가
하루 세끼 꼬박 챙겨 먹어도
입이 궁금한 나이라고 그럽니다
그래서 그런지
야간 자습 마치고
걸어서 집에 오자마자
냉장고부터 열어 봅니다
낡은 양푼에
삶은 고구마와 옥수수가
그득 담겨 있습니다
때마침 마실 갔다 돌아온
할머니가 냉장고에서
양푼을 꺼냅니다
내 입이 궁금할 때는
할머니 입도 심심한가 봅니다
노란 고구마와 옥수수를
식탁 가운데 놓고
마주 앉아 먹을 때

나와 할머니는 이제
궁금한 것도 없고
심심하지도 않아서
마음속에는 고구마 같고
옥수수 같은 것이
두 양푼입니다

허리띠

바지에 다리를 꿰고
허리를 죄는데
허리띠가 툭 끊어졌다
허리춤을 잡은 채
옷장으로 가는 동안
허리띠에 이어지는 생각

나이가 밑인 막일꾼의
조수로 따라다니는 할아버지
농협 옆 계단에서
채소를 파는 할머니
나를 동그랗게 둘러매 주는
할아버지 할머니 아니면
나는 바짓단이 바닥에 끌리는
바지 꼴이 될지도 몰라

싸늘한 여름

한 번 쓰라린 실패를 건넌
엄마 아빠가
다시 법원에 낼
서류를 준비하는
싸늘한 여름

아빠 엄마가
낡은 집 문짝처럼
삐거덕거릴 때마다
나와 동생들은
자꾸 달달거리고

내 마음속에는
너무 많은 새들이
득시글득시글
여린 가지를 쪼는데
후여! 후여! 쫓아도 쫓아도
떠나지 않는 생각들

어떤 계산법

일요일 아침
목욕쟁이 외할아버지
목욕하고 가시는 길에
우리 집에 들러서
용돈을 주고 가셨죠
언니는 만 원
나는 팔천 원
언니에게 물었죠
내 것 반을 줄 테니
언니도 그리하겠느냐고
언니는 고개를 끄떡끄떡
그래서
언니도 구천 원
나도 구천 원

요즘도 우리는
용돈을 받으면
서로 절반을 떼 주지요

아빠의 폐

아빠가
담뱃갑을 들여다보더니
총알이 다 떨어졌다고 했다
담배 개비가
총알을 닮아서
그리 말한 모양인데
하루에 스무 발이나
날아가 박힌다는 생각에
나는 마음이 어두워져
아빠 폐는
방탄유리가 아니라고
꼬집어 말했다

닮은꼴

친척 결혼식에 가는데
길눈이 어두운 아빠가
내비게이션을 잘못 보고
빙 돌아서 가는 바람에
식장에 좀 늦었다

중학교 다닐 때까지
축구를 하던 형은
운동이 적성에 안 맞아
진로를 바꾸는 바람에
나도 아는 문제를 못 풀 때가 있다

그래도 형은
뭐, 괜찮단다
좀 돌아서 가면 된단다
바람을 가득 넣은 공처럼
더 멀리 날아가려고
길을 닦는 중이란다

새벽

새벽 다섯 시
거실 소파에 앉아
아파트 단지를 내다봅니다
네 귀를 잘 맞추어
가로세로로
쌓아 올린 콘크리트 상자들
한 집 한 집
하루가 켜집니다
네모나게
어둠이 도려지고
식구들의 생활이
부스스 피어납니다

제3부
빙하
장례식

새

머리를 스칠 듯
날개를 퍼덕거리며
저공비행하는 새

깃털 속에는
검붉은 엔진이
김을 뿜으며
힘차게 돌고 있는 것이다

뼈와 근육
신경과 혈관들이
일제히 노를 저어서
허공을 밀고 나가는 것이다

그리움

아침 일곱 시

달과 별들이 꺼지고
해가 켜지는
알전구들의 교대 시간

밤사이 켜져서는
꺼지지 않는
사람 하나

태풍

너는 안 돼!

시뻘겋게 달구어져
휘도는
저기압의 말이
파란 마음을
뚝뚝
부러뜨린다

플라스틱

나는
공장에서 태어나
방방곡곡에서
가벼이 소용되다가
버려지면 그때
북태평양의 섬으로 가서
앨버트로스의 배 속에 누워
둥둥 둥둥
유유자적할 것이다

그리하여 나는
불로장생할 것이다

나뭇잎

나뭇잎 한 장을 주워
나무 한 그루
땡볕에 찔리고
비바람에 얻어맞으며
한 뼘 한 뼘
공중에 낸 길을 읽는다

나무가 발간한 자서전
나뭇잎
한 권

용수철

볼펜을 떨어뜨려서
알이 빠지는 바람에
제구실을 하지 못하게 된
볼펜 심을 꺼내는데

용의 수염처럼
둘둘 말린 이것

볼펜 속에서
자꾸 조이고 또 풀리듯
사람의 마음도
무거운 일이 얹히면 줄었다가
걷히면 늘어나는 때가
쉴 새 없이
시소를 타겠다는 생각을
떼구루루 굴려 보낸다

돌부리의 시

현관문이 열리고
아빠가 들어서는데
얼굴이 피 칠갑입니다

길이 어둡더라
돌부리에 걸려 엎어졌다
말이 몹시 비틀거립니다

그랬을 겁니다
어둠이 내린 그 길은
돌부리투성이니까요
담보 대출금과
대학 등록금과
카드값과
문을 두드리는
빚쟁이들

밤이 깊도록

고난도 문제 하나가
뾰족한 부리로
내 머리를 쪼아 댑니다

문자 메시지

일요일 오전에
친구한테서 문자가 왔다
반 애들 모였는데
같이 농구하러 안 갈래?

할머니 뵈러
시골 가야 해
답장을 쓰는데
아빠가 빨리 오라고
나를 불렀다

오늘 아침
등교하자마자
친구한테 핀잔을 들었다
답장을 왜 안 했느냐고

이제 보니
나는 답장을 쓰기만 했다

레버를 내려야
변기 물이
내가 내보낸 변님을
데리고 간다

문득 밀려 나온 생각인데
참 우습다

새끼 고양이에 대한 예의

학교 식당 건물 뒤편
나무 그늘 밑 평상에 앉으려다가
똥을 누는 새끼 고양이와
눈이 마주쳤다
풀숲 사이 모래 더미 위에
두 발을 세우고
엉덩이를 잔뜩 낮추어
끙, 힘을 주다가
인기척에 놀라
몸을 움찔하며
나를 빤히 쳐다보는
얼룩무늬 새끼 고양이
이 일을 어쩌나
시치미 떼고 먼 산을 바라볼까
풀숲을 등지고 앉을까
머리로 용쓰다가
한 덩어리 생각이 번뜩,
미안한 마음에 발길을 돌렸다

만약에 나도
볼일을 보는데
누가 쳐다본다면
너무 민망해서
세상 구경 하고 싶어 나오는 놈들을
돌려보낼지 모르니까

단발령

친구 하나가
머리를 박박 밀었습니다
벌초가 끝난
할아버지 할머니 무덤 같았습니다

여친이랑 헤어졌냐?
이전의 내가 아니라는 것을 보여 주려고
이제부터 공부가 여친이다

수능 앞두고
스스로 단발령을 내린
친구의 마음이 매서웠습니다
매점 가자는 말도
피시방 가자는 말도
싹둑 잘라 버리는
친구의 마음이 날카로웠습니다

어제저녁

텔레비전 화면에
정치인들이
삭발식을 하는 모습이 나왔습니다
그분들도 내 친구처럼
해야 될 공부가 많은 모양이었습니다

빙하 장례식

아이슬란드
오크예퀴들 빙하 장례식에 이어
스위스 알프스산맥의
피졸산에서 열린 빙하 장례식
요절한 빙산을 장사 지낸다는
신문 기사를 보면서
지구의 체온을 생각한다
늘어난 이산화 탄소
뒤죽박죽인 기후에
번쩍이는 산
킬리만자로*도
눈물을 흘린다는데
이러면 오래지 않아
하얀 빙하는
십 미터 백 미터씩 퇴각하여
신의 방 아랫목까지
높아지다가 사라져
알래스카주

남북극 대륙
히말라야산맥
곳곳에서 줄줄이
빙하 장례식이 열리겠지
그다음에는
암전된 무대처럼
어둠이 검은 옷자락을 드리우고
우리를 조문하러 오겠지

* 아프리카 동남부에서 쓰이는 스와힐리어로, 킬리만자로산은 '번쩍이는
  산'이라는 뜻임.

아파트

우러러보이는 앞가슴에
이국적인 이름표를 달고
우뚝우뚝 솟아 있는
아파트
집집이
텔레비전 놓인 데가 같고
냉장고 놓인 데가 같고
식기세척기 놓인 데가 같다
소파 놓인 데가 같고
옷장 놓인 데가 같고
침대 놓인 데가 같다
그래서 집에 있는 동안
하루에도
수백 가지 일을
똑같이 하면서
감정과 행동은
붕어빵이 되어 간다
누가 말했다던데

공간이 삶을 규정한다고

등교 시각과 출근 시각이 같은
나와 윗집 아저씨는
거의 같은 시각에
변기에 앉아
근심을 밀어 내고
물을 내린다
(실제로 거의 동시적으로
이루어짐을 청각으로 확인!)
둘이 한결같아서
우습다

꽃을 사는 일

꽃집에 가서
장미꽃 한 다발 사는데
둘레를 꾸미는 게
안돼 보여서
그 뒤로는 안개꽃만 샀다

한참 뒤
꽃다발 사러
꽃집에 갔을 때
너무 오래 외면한 게
안돼 보여서
장미꽃을 샀다

거미의 오해

거미줄에 걸린 잔가지를
떼어 내는데
거미 한 마리
쏜살같이 줄을 내려
줄행랑을 쳤다

잠시 후
쏜살같이
달려오는 생각

아차, 거미한테는 내가
약탈자였겠다!
자기 그물을 감추거나
몸을 숨기기에
마침 좋은 그것을
무거워 보인다고
내가 걷어 내면서
집채를 부수어 놓았으니까

역원근법

멀리 있는 것들은
다 작게 보이는데

헤어진 여친은
날이 갈수록
점점 크게 보인다

묵언 수행을 하라고요?

새로 산 축구화를
형이 신고 나가서
씩씩대며 따졌더니
형이 나를 밀쳐
거실 바닥에 고꾸라졌습니다
욕도 뱉었습니다
엄마가 사이에 들어서
험악해지는 사태를
꿰매기는 했습니다
엄마의 변론을 듣고
아빠가 판결을 내렸습니다
형이라고 동생 물건을
마음대로 쓰면 안 되지
욕까지 했다며?
지금 사과해
미안하다
말이 풀풀 날렸습니다
건성으로 하는 대답이었습니다

내일 주말이지?
너, 내일 외출 금지!
그리고 지금부터 내일 자정까지
집에서 묵언 수행!
여기까진 좋았습니다
그리고 작은아들!
너도 잘한 거 없어!
형한테 대들면
아무짝에도 못 쓴다
너도 형과 함께
집에서 묵언 수행!

위아래를 따지는
아빠의 불공평한 처사에
나는 있는 대로 뿔이 나서
외갓집 염소처럼
아빠를 떠받고 싶었지만
한 발짝 물러서서

피해자 진술을 했습니다
내가 아빠라면
아빠처럼 안 합니다
작은아들!
넌 아무 잘못 없다
그리합니다

엄마 생각

파일 폴더를 열어
엄마를 불러옵니다
시간은 흘렀지만
엄마는 흐르지 않고
한 그루
내 마음 아래
그늘로 머물러 있습니다

찌개를 끓이는 엄마
교복을 다리는 엄마
이웃과 싸우는 엄마
꽃을 사는 엄마
직장에서 쓰러진 엄마
울지 않는 엄마
눈을 뜨지 않는 엄마

내 마음속에
빼곡히 들어앉은 엄마가

자꾸 불어나서
폴더의 저장 용량이 커집니다
나무가 자라면
그늘도 넓어지듯이

멸치볶음

아주머니!
여기 멸치 스무 마리만
더 주시겠어요?

아빠가 꺼낸 우스갯말에
마주 앉은 나도
옆에서 밥을 먹던 사람들도
모두 웃었고
식당 주인도 미소를 띠며
멸치볶음 접시를 다시 내왔다

고등학교 자취생 시절
방을 같이 쓰던 친구와
끼니때마다
멸치를 스무 마리로 한정해
똑같이 먹었다는 아빠
그때 굳은 버릇이
지느러미를 흔들며

이 식당까지 따라와서
사람들 마음을 간지럽힌 것이다

어떤 수업

어미 곤줄박이가
송풍관 위를 자꾸 들락거린다
둥지를 틀었나 싶어
가만 들여다보니
새끼 여럿이 눈을 감고 있다
친구에게 보여 주려고
휴대폰 셔터를 누르는데
솜털 보송보송한 그것들이
한꺼번에 짹짹대면서
부리를 쩍 벌린다
찰칵! 찰칵!
셔터 소리를
어미가 밥을 지어 오는
소리로 알고서는
그걸 다 받아들이려고
저리 활짝
몸의 문을 여는 것이겠지
눈도 제대로 뜨지 못하는

햇새들에게서
한 끼니 음식에
절을 해야 하는 문법을 읽는다
오늘도 더듬더듬
삶을 읽는다

어른들의 문제가 곧 아이들의 문제

박상률 시인·청소년 문학가

1

'순망치한(脣亡齒寒)', 즉 '입술이 없으면 이가 시리다'라는 말이 있다. 또 '둥지가 부서지면 알이 깨진다'라는 뜻의 '소훼난파(巢毀卵破)'라는 말도 있다. 둘 다 서로 뗄 수 없는 관계를 이르는 말이다. 이는 입술이, 알은 둥지가 망가지면 불행해지기 마련이다.

나는 어른을 독자로 둔 성인 문학으로 문학 활동을 시작했지만 지금은 어린이·청소년 문학에 주력하고 있다. 그렇게 된 연유 가운데 하나는 '어른들의 문제가 곧 아이들의 문제로 직결되는' 것을 숱하게 봐 왔기 때문이다. 서형오 시인의 청소년시집 『신발 멀리 차기』를 읽으면서 맨 먼저 떠오른 생각도 어른들의 문제가 곧 아이들의 문제라는 것이었다.

폰을 만지작거리며
가로수 길을 걷다가
은행 몇 알을 밟은 모양이다
물렁하고 미끈한 그것들
내려다보는데

슬며시 피어올라
코를 때리는
노란 향기의 주먹질을
온몸으로 막고 있는
신발 두 짝

신발 바닥을 닦으며 생각한다
이렇게 맨몸으로
낮고 험한 데를
가려 주는 것이 있었구나!

새벽에 채소를 떼 오다가
승합차에 부딪혀
트럭 안에서 세상을 떠난
엄마와 아빠
나동그라진 신발 네 짝

그때부터
나와 동생을
마음속에 태우고 살아가는
할머니와 할아버지
낡은 신발 네 짝

　　　　　　　　　　—「신발」전문

　"나와 동생"의 부모는 트럭을 몰고 새벽에 채소를 떼 오다
교통사고가 나 세상을 떠났다. 부모가 세상을 떠난 뒤부터 조
부모가 손주들을 돌본다. 부모의 '둥지'가 사라지니 그 둥지에
서 살던 아이들의 삶은 조부모가 살뜰히 보살펴 준다 해도 신
산할 수밖에 없다. 화자는 신발을 매개로 자신과 부모와 조부
모를 연결 지으면서 말하고 싶은 것을 드러낸다. 신발은 이 시
에서 중요한 역할을 한다. 즉, 이 시의 객관적 상관물로서 화자
의 감정을 간접적으로 담아낸다.
　발에 밟히는 은행알의 미끄러움과 냄새를 막아 주는 신발은
이 시의 출발점이다. 화자의 생각은 거기에서 멈추지 않고 교
통사고로 세상을 뜬 엄마 아빠의 신발과 나아가 '나'와 동생을
돌봐 주는 할머니 할아버지의 신발로까지 이어진다.
　이 시집에서 둥지가 부서져 알이 깨지거나, 입술이 없어 이
가 시린 경우는 이 시 말고도 또 있다.

점심을 먹고

운동장에서

신발 멀리 차기 놀이를 한다

발등에 신발을 걸고

힘껏 발을 내뻗자

포물선을 그리며

신발이 날아간다

마지막에 찬 내가

1등이다

멀리 떨어진

신발 한 짝을 주우러

깨금발로 뛰어가면서

생각한다

아빠의 마음도

별거 중인 엄마한테

깨금발로 뛰어갔으면 좋겠다

잠시 높은 곳 먼 데에 갔다가

땅으로 내려온 신발을

찾으러 가듯이

엄마를 만나러 갔으면 좋겠다

—「신발 멀리 차기」 전문

이 시의 화자 역시 마음이 편치 않다. 엄마 아빠가 별거 중이기 때문이다. 그래서 신발 멀리 차기 놀이를 하면서 든 생각을 가만히 털어놓는다. "멀리 떨어진/신발 한 짝을 주우러/깨금발로 뛰어가면서" 아빠도 떨어져 있는 엄마한테 뛰어갔으면 좋겠다는 마음을 드러낸다. 멀리 있는 신발 한 짝을 찾으러 가듯이, 아빠가 엄마한테 가서 다시 짝을 이루고 함께 살았으면 좋겠다는 바람이 담겨 있다.

2

몸속에 떼 지어 살던
암세포들을 데리고
닿을 수 없는 곳으로 간 엄마
빈집의 주인이 되어
매일 눈물 밥을 짓는데
내 마음속 나뭇가지에
매달려 있는 엄마 생각들
묻어 두면 언제쯤
미움의 겉껍질은 벗겨지고
희디흰 그리움만 남아

저리 소복해질까

　　　　　　　　　　　　　—「은행」 부분

　사고가 나서든 병에 걸려서든 부모의 죽음은 아이에게 엄청
난 고통이다. 주변 어른들은 '꿋꿋하게 살아야 한다'며 위로의
말을 건네지만 엄마를 잃은 아이가 슬픔을 딛고 꿋꿋하게 살아
가기란 쉽지 않다.

　파일 폴더를 열어
　엄마를 불러옵니다
　시간은 흘렀지만
　엄마는 흐르지 않고
　한 그루
　내 마음 아래
　그늘로 머물러 있습니다

　찌개를 끓이는 엄마
　교복을 다리는 엄마
　이웃과 싸우는 엄마
　꽃을 사는 엄마
　직장에서 쓰러진 엄마
　울지 않는 엄마

눈을 뜨지 않는 엄마

내 마음속에
빼곡히 들어앉은 엄마가
자꾸 불어나서
폴더의 저장 용량이 커집니다
나무가 자라면
그늘도 넓어지듯이

—「엄마 생각」 전문

「엄마 생각」에는 기약 없는 투병 생활을 지켜보는 아이의 간절한 마음이 담겨 있다. "찌개를 끓이는 엄마/교복을 다리는 엄마/이웃과 싸우는 엄마/꽃을 사는 엄마"였는데 "직장에서 쓰러진" 뒤로는 울지도 않고, 아예 "눈을 뜨지 않는"다. 그럼에도 아이는 의젓한 모습을 보인다. 나무가 자라는 만큼 그늘도 넓어진다며 애써 마음을 달랜다. 청소년은 이런 존재이기도 하다. 입술이 망가져 이가 시려도 꾹 참아 내고, 이가 없으면 잇몸으로 살 줄도 안다. 때로는 어려운 집안 형편을 헤아려 마음을 다독일 줄도 안다.

아빠 일이
뜻대로 되지 않아

식구들이 모두
작은 그릇으로 옮겼다
나는 형과 한방에서
짬짜면처럼 지내게 되었다
그래도 뭐, 괜찮다
이까짓 추위는
우리가 발산하는 열에
힘을 못 쓸 테니까

— 「이사」 전문

아빠의 일이 잘 풀리지 않아 좁은 집으로 이사 와서 형과 방을 같이 써야 하지만 '나'는 괜찮다고 생각한다. 이 시 역시 가정의 문제에서 자유로운 가족은(비록 나이 어린 자녀라 할지라도) 없다는 것을 보여 준다.

가장인 아빠의 일이 잘못되면 당연히 자식도 영향을 받는다. 가정 형편이나 부모의 일과 상관없이 잘 지낼 아이들이 얼마나 있겠는가? 이런 점에서 어른들의 문제는 아이들 문제로 직결된다는 것이다. 그래서 어린이·청소년 문학이라 해서 오로지 아이들 문제에만 매달릴 수 없다. 아이들 문제에만 매달리는 어린이·청소년 문학가들은 학교 폭력, 입시, 따돌림, 청소년의 임신과 낙태, 음주와 흡연 등을 주로 다룬다. 아이들의 둥지인 가정은 그저 '부차적' 요소일 뿐이다. 그렇기에 서형오 시인의 이번 시집이 더욱 소중하게 읽힌다. 서형오 시인은 아이들을 어른들이 존재하지 않는 딴 세상에 사는 '종족'으로 그리지 않는다.

집안 형편이 어려워졌지만 화자는 "이까짓 추위는/우리가 발산하는 열에/힘을 못 쓸 테니까"라면서 넉넉하게 마음을 쓴다. 이런 아이는 향 싼 종이에선 향내가 나고, 생선 싼 종이에선 비린내가 나는 줄도 안다. 그런 아이들이 있기에 선생님도 '소신껏' 고집을 밀어붙일 수 있다.

문학 수업 시간에
학교에서 만들어 준
시 선집을 편다
친구가 일어나
한 편을 읽는다
그다음에는
같은 시를
다 함께 읽는다

여러분!
비린내 현상 알아요?
생선 가게에 오래 머물면
옷에 비린내가 배죠

수업 시간마다
이렇게 시를 구경하면
시에서 나는 향기가 생각에 배어
어른이 되어도
시를 읽게 되죠

우리는 안다
선생님 고집을
물로 가신다 해도
굳게 버틸 비린내를

—「비린내 현상」 전문

　서형오 시인은 고등학교에서 국어와 문학을 가르치는 교사이다. 그렇기에 아이들에게 시 읽는 습관을 들여 주고 싶은 마음이 남다를 수밖에 없다. 시가 왜 좋은지 잘 알기 때문이다. 하지만 아이들은 아직 시의 가치를 잘 모른다(고 생각한다). 그래서 이런 시가 경험에서 나왔을 터. 물론 시적 자아는 아이들이다. 선생님은 "이렇게 시를 구경하면/시에서 나는 향기가 생각에 배어/어른이 되어도/시를 읽게" 될 것이라고 끝내 고집을 부린다. 그리고 아이들은 "물로 가신다 해도/굳게 버틸 비린내" 같은 선생님의 고집을 '기꺼이' 받아 준다.

3

사실 아이들은 어른들이 어떤 상황, 어떤 사정으로 자기들에게 강요를 하거나 고집을 부리는지 다 안다. 그래서 더러 눈감아 주기는 해도 할 말은 한다.

아빠가
담뱃갑을 들여다보더니
총알이 다 떨어졌다고 했다
담배 개비가
총알을 닮아서
그리 말한 모양인데
하루에 스무 발이나
날아가 박힌다는 생각에
나는 마음이 어두워져
아빠 폐는
방탄유리가 아니라고
꼬집어 말했다

—「아빠의 폐」 전문

담배는 백해무익하다. 특히 폐엔 더더욱 안 좋다. 그런데 아빠는 빈 담뱃갑을 들여다보면서 "총알이 다 떨어졌다"라고 빗

대어 말하며 아쉬워한다. 그러자 아이는 "아빠 폐는/방탄유리
가 아니라고/꼬집어 말"한다. 아이가 어렸을 때에는 아빠가 아
이의 행동을 지적하는 일이 많았겠지만 지금은 아빠가 되레 아
이의 지적을 받는다.

　아이들의 관심은 비단 학교 생활이나 가족에 그치지 않고 사
회 문제로까지 퍼져 나가기도 한다.

　　나는
　　공장에서 태어나
　　방방곡곡에서
　　가벼이 소용되다가
　　버려지면 그때
　　북태평양의 섬으로 가서
　　앨버트로스의 배 속에 누워
　　둥둥 둥둥
　　유유자적할 것이다

　　그리하여 나는
　　불로장생할 것이다

―「플라스틱」전문

플라스틱은 대표적인 환경 오염 물질이다. 편리하기에 온갖

데 다 쓰이는 플라스틱은 썩지도 않고 산과 강, 바다를 오염시
킨다. 특히 바닷속의 미세 플라스틱은 물고기의 몸에 머물다가
우리들의 식탁에 올라와 결국 사람 몸속에 들어간다. 이런 물
질이기에 시에서 "불로장생"한다고 표현했으리라. 아이들은
이런 지적만 하는 게 아니다. 남을 배려할 줄도 안다.

꽃집에 가서
장미꽃 한 다발 사는데
둘레를 꾸미는 게
안돼 보여서
그 뒤로는 안개꽃만 샀다

한참 뒤
꽃다발 사러
꽃집에 갔을 때
너무 오래 외면한 게
안돼 보여서
장미꽃을 샀다
　　　　　　　　　　　—「꽃을 사는 일」 전문

장미꽃을 돋보이게 하는 안개꽃. 아이는 안개꽃이 안돼 보
여서 장미꽃을 외면하고 안개꽃만 산다. 그러다 보니 다시 장

미꽃이 안돼 보인다. 장미꽃을 너무 오래 외면했다는 생각에서 이번에는 장미꽃을 산다.

이 시는 청소년들의 현실을 상징적으로 보여 준다. 경쟁에서 앞서가는 아이들을 외면하고 뒤처진 아이들을 신경 쓰다 보면 이번엔 앞줄에 선 아이가 마음에 걸린다. 앞줄에 서든 뒷줄에 서든 아이들이 경쟁 사회의 희생자이긴 마찬가지이다. 가장 좋은 건 경쟁에서 앞선 아이든 뒤처진 아이든 공생하는 것! 시인은 바로 그 점을 이 시에 담아냈다.

서형오 시인은 『신발 멀리 차기』에서 교사로서의 장점(?)을 최대한 살렸다. 자칫 어른의 자리에서 진술하기 쉬운데 화자를 거의 청소년으로 하였다. 그래서 청소년들의 마음에 진실하게 가닿는다.

시인의 말

　몸놀림이 굼뜬 데다가 입까지 무거워서 아무리 후하게 점수를 줘도 교사 구실을 제대로 못할 것 같아 주위 사람들로부터 큰 근심을 샀던 사람이 교사가 되었습니다. 그때를 시작으로 해마다 수업 시간에 읽을 시 일 년 치를 한 번에 인쇄하여 학생들에게 나누어 주고, 교실에 들어가 인사를 나누자마자 함께 한 편씩 읊었습니다. 그러다가 이제는 『춤추는 혀』라는 시 선집을 만들어 아이들과 읽고 있습니다.

　아버지는 마음속 깊은 곳에서 한 마디 한 마디 말을 길어 올리시는, 말을 매우 아껴 쓴 분이었습니다. 저는 아버지의 짧은 말씀과 그 뒤를 따라오는 긴 침묵이 마냥 좋았습니다. 기분이 누긋한 밤이면 방바닥에 엎드려 편지지에 무언가를 쓰시던 아버지의 모습이 그려지는데, 저는 그것을 멀리 있는 그리운 사람에게 시를 쓰는 것이라고 여겼습니다. 그래서 퍽 오래전부터 시를 졸졸 따라다니게 되었는지도 모르겠습니다. 아버지의 주선으로 시와 오랜 동무가 된 셈이니 참 별일입니다.

　그리고 만일에 말입니다, 제 마음에 힘없고 여리고 안된 생명들에게 다가가 무릎을 낮추어 눈 맞추는 불씨가 있다면 그것은 어머니가 뿌린 씨앗일 것입니다. 넉넉한 살림은 아니었지만 어머니는 이웃과 마음을 나눌 줄 아는 넉넉한 분이셨습니다.

새벽에 일어나 시를 쓰면서 더러 울기도 했습니다. 곰곰이 생각해 보니, 막힌 데 없이 트이고 넓은 시간을 건너오는 동안에 검은 돌부리 같은 일들과 크게 부딪치면서 상했던 그 자리에 시가 움트고 있었던 것 같습니다. 여기저기 흩어진 상처들을 데려오면서 메마른 마음 밭을 오래 묵힌 일을 몹시 후회했습니다.

시간은 참 바지런히 제 일을 잘도 합니다. 어마어마하게 두꺼운 출석부를 가지고 있어서 어김없이 불러올 것은 불러오고 데려갈 것은 데려가니까요. 그 속을 들여다보면 우리들이 보내고 있거나 이미 아득한 곳으로 보낸 것들의 목록이 있습니다. 그중에서 제가 지닌 생각으로 짠 체에 걸린 것들을 여기에 모았습니다. 마음이 아리고 쓰릴 때에 제게 와 준 말들에게 고마울 따름입니다.

전염병이 전 세계적으로 크게 유행하여 숱한 사람들이 해를 입고 있습니다. 하루속히 병마를 다스리는 때가 오기를 절절히 기다립니다.

2021년 9월
서형오

창비청소년시선 37

신발 멀리 차기

초판 1쇄 발행 • 2021년 9월 30일
초판 3쇄 발행 • 2024년 8월 6일

지은이 • 서형오
펴낸이 • 김종곤
편집 • 정미진, 박문수
조판 • 이주니
펴낸곳 • (주)창비교육
등록 • 2014년 6월 20일 제2014-000183호
주소 • 04004 서울특별시 마포구 월드컵로12길 7
전화 • 1833-7247
팩스 • 영업 070-4838-4938 / 편집 02-6949-0953
홈페이지 • www.changbiedu.com
전자우편 • contents@changbi.com

ⓒ 서형오 2021
ISBN 979-11-6570-073-7 44810